LE

SAINT PIERRE AUX LARMES

DE

MURILLO

—«‹‹-›››—

Me CHARLES PILLET, Commissaire-Priseur.

—«‹‹-›››—

10 Avril 1856

MAULDE & RENOU
IMPRIMEURS DE LA COMPAGNIE
DES COMMISSAIRES-PRISEURS,
Rue de Rivoli, 144

NOTICE

DU

TABLEAU

LE

SAINT PIERRE AUX LARMES

PAR

MURILLO

(BARTHELEMY-ESTEBAN)

DONT LA VENTE AUX ENCHÈRES PUBLIQUES AURA LIEU

Dans l'ancienne Galerie Lebrun

RUE DU SENTIER, N. 8

Le Jeudi 10 Avril 1856, à trois heures.

Par le ministère de Mᵉ CHARLES PILLET, Commissaire-Priseur,
rue de Choiseul, n. 11,

Asssité de M. BONNEFONS DE LAVIALLE, son prédécesseur,
même demeure.

Chez lesquels se distribue cette notice.

EXPOSITION PUBLIQUE

Le Mercredi 9 Mars 1856, de midi à cinq heures.

PARIS

MAULDE ET RENOU

IMPRIMEURS DE LA COMPAGNIE DES COMMISSAIRES-PRISEURS
rue de Rivoli, 144.

1856

CONDITIONS DE LA VENTE.

Elle sera faite au comptant.

Les acquéreurs payeront, en sus des adjudications, 5 centimes par franc, applicables aux frais.

CETTE NOTICE SE DISTRIBUE A PARIS :

Chez Me **CHARLES PILLET**, Commissaire-Priseur , successeur de
M. BONNEFONS DE LAVIALLE, rue de Choiseul, 11.

CHEZ LEQUEL SE TROUVENT DES **Cartes** POUR VISITER LE TABLEAU.

Dans les Départements et à l'Étranger, dans les villes suivantes :

Londres . . . . Chez	M. NIEUWENHUYS.
	M. SMITH, New-Bond-Street.
	M. FARER.
	M. MAWSON, 3, Berners-S.-Oxfort-Street.
	M. COLNAGHI, marchand d'estampes.
A Edimbourg	M. BLANCK, libraire.
A Dublin	M. WATTKINDS, marchand de tableaux.
A Bruxelles	M. HÉRIS.
	M. LEROY.
A Anvers, ...	M. VERLINDEN.
A Amsterdam	M BRONDGHEEST.
	M DEVRIES.
A Lahaye	M. ENTHOVEN.
A Rotterdam	M. LAMME.
A Cologne	M. LORENT, marchand de tableaux.
A Vienne	M. ARTARIA et Cie.
A Berlin	M. REIMER.
A Munich	M. BRULLIOT, conservateur du Musée.
A Dresde	M. ARNOLD, marchand d'estampes.
A Leipsick	M. BROCKAUS et Cie.
A Francfort	MM. WIMPFEN et GOLDSMIDT, antiquaires.
A Hambourg	M. COMMETER, marchand d'estampes.
A Manheim	MM. ARTARIA et FONTAINE.
A St-Pétersbourg.	M. VON REGMORTER.
A Rome	M. DURANTINI, peintre.
A Florence	M. RICCIERI.
A Gênes	M. ISALA, peintre.
A Milan	M. VALLARDI.
A Turin	M. DUCHERON, peintre.
A Venise	M. SANQUERICO.
A Genève	M. MOLLAGES frères, marchands d'objets d'art.
A Berne	BURCDORFER, marchand d'estampes.
A Bâle	MM. SCHRUBER et WALZ, marchand d'objets d'art.
A Lyon	M. HAET, marchand d'estampes.
A Lille	M. TANCÉ.
A Rouen	M. DILLARD, marchand de curiosités.
A Marseille	M. PETIT-BERGONS.

MURILLO (Barthélemy-Esteban)

LE SAINT PIERRE AUX LARMES.

Toile. — Haut. 1 m. 72 c.
Larg. 1   22

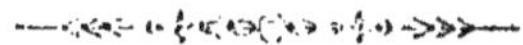

Le Tableau de MURILLO, le **Saint-Pierre aux Larmes**, que nous sommes chargés de vendre, a pendant près d'un mois été exposé rue d'Amsterdam, n° 71, où il a attiré de nombreux visiteurs.

Le sujet choisi par Murillo a, comme toutes les œuvres de ce maître, la simplicité sévère d'une grande pensée religieuse.

Pierre a renié trois fois son maître, à la troisième fois le chant du coq lui rappelle les paroles de Jesus, et Pierre, dit l'Évangile, pénétré de sa faute, pleura amèrement.

La presse toute entière s'est occupée de cette œuvre

du peintre le plus illustre de l'Espagne, et nous ne croyons pouvoir mieux faire, pour appeler les enchérisseurs, que de donner ici quelques extraits de divers journaux.

Revue des Beaux-Arts (15 janvier 1856).

. . . .

C'est un tableau de l'auteur du *Mendiant*, de *la Délivrance de saint Pierre*, de la *Naissance de la Vierge* et de cette illustre *Conception*, illustre surtout par ses magnifiques enchères, un tableau de don Esteban Murillo, qui représente saint Pierre versant des larmes sur sa faute.

Le saint est prosterné dans l'attitude de la prière et de la douleur, mais surtout dans l'attitude de la prière. Son visage est couvert de ses pleurs, une grosse larme prête à s'échapper tremble entre ses paupières, et son regard s'élève au ciel à travers cette larme qui se gonfle. Il pleure, mais la paix de Dieu est déjà descendue dans son âme. Il pleure, mais ces douces eaux de la pénitence, purifiantes comme les eaux du baptême, ont emporté sa faute. Il pleure, mais il pleure d'amour autant que de regrets. Il pleure, mais comme l'apôtre qui a dit à son maître : « Vous savez que je vous aime, » et qui a mérité d'être appelé la pierre de l'édifice, le fondement de l'Église universelle.

On a beaucoup admiré *la Délivrance de saint Pierre*, qui était dans la galerie du maréchal Soult ; j'aime mieux la tête et les deux mains de l'apôtre que j'ai vu dans la rue d'Amsterdam. Outre la profondeur du sentiment, l'exécution est d'une force et d'une liberté supérieures. On sent partout la main d'un maître ; elle est dans ces larges rides du front, dans la ferme et vigoureuse saillie du nez, dans ces deux larmes qui roulent de la joue sur la barbe, dans

cette belle barbe, ondoyante, assouplie, blanche et noire,
mais plutôt relevée de noir qu'altérée et mélangée. Le saint
est à genoux, vêtu d'une longue robe dont le bleu s'est éva-
poré et n'en imite que mieux une étoffe déteinte. Ses deux
coudes sont appuyés sur une pierre, ses deux mains se joignent avec ferveur, elles se pénètrent, elles s'unissent l'une
à l'autre comme l'âme voudrait s'unir à son Dieu. Les veines
se gonflent dans cette pression ardente, mais elles sont plus
indiquées que finies. C'est le travail arrêté à son point, pour
que le sentiment de la réalité soit satisfait, mais pour qu'il
ne le soit pas aux dépens de l'unité d'impression, pour que
l'ampleur du style n'exclue pas la curiosité des accidents
naturels, mais pour que l'accident et le signe pittoresque
n'ôtent rien à la simplicité du grand style.

Au-dessus du rocher qui fait muraille, on aperçoit le ciel
matinal, marbré de zones rouges et bleues; le jour crépusculaire descend dans la grotte, éclaire le visage et les épaules de l'apôtre, tourne doucement en ombres diaphanes le
long de ses bras, sur son cou et sur sa poitrine. C'est la
science du clair-obscur portée à son dernier prestige. L'air
passe derrière la tête du saint. Son visage, qui penche à
gauche, touche du côté de l'ombre à l'ombre du rocher et
s'en détache par je ne sais quelle secrète magie. Tout cela
est de la plus exquise et de la plus fière façon du maître.
Ajoutez-y la robe bleue, d'un ton si fin et si rompu, les larges manches sous lesquelles on sent si bien la force et les
mouvements passionnés des bras ; je connais peu de parties
de Murillo, dans l'ordre des choses viriles, que je misse au-
dessus et peut-être au niveau des parties principales du
saint Pierre.

Il y a dans le *saint Pierre aux Larmes* un aussi beau jet,
un aussi beau feu de génie que Murillo en ait donné ailleurs,
et je comprends qu'un membre de l'Institut, qu'un excellent

amateur de peinture se soient rencontrés à déclarer l'un après l'autre, que le *saint Pierre aux Larmes* les avaient plus vivement frappés que la *Conception*.   (ÉDOUARD THIERRY.)

Le Constitutionnel (26 janvier 1856, reproduisant *le Courrier de l'Eure* du 24 janvier 1856).

. . . .

C'est un tableau de Murillo représentant le *saint Pierre aux Larmes* et que l'on dit supérieur à cette illustre *Conception* qui a eu les honneurs de splendides enchères.

Saint Pierre est représenté dans l'attitude de la prière et du repentir. De grosses larmes coulent de ses joues, ses deux coudes sont appuyés sur une pierre, ses deux mains se joignent avec ferveur. Les connaisseurs s'accordent à dire que jamais le maître n'a rien fait d'aussi beau et d'aussi achevé.

L'Europe Artiste (27 janvier 1856).

. . . .

Il est évident pour tout connaisseur que le *saint Pierre aux Larmes* appartient à la *brûlante* manière de Murillo. On sent que l'artiste arrive à la maturité de son talent, qu'il est maître de sa brosse et qu'il aborde franchement les plus hautes difficultés de l'art. Là, Murillo se montre dans toute la fougue et la virilité de son talent ; ce ne sont plus les tâtonnements de pinceau de quelques-unes de ses madones ; ce n'est plus cette coquetterie de la couleur, où la suavité des tons le dispute au charme de l'expression, en se noyant dans le vague de la forme ; non, c'est quelque chose de plus fier et de plus hardi. C'est l'artiste obéissant à une inspiration plus vive, plus soudaine, et marchant résolument sous un éclair de génie, dans sa puissance et dans sa liberté d'action. C'est tout simplement une large et sublime peinture dans toute l'acception du mot.... Une peinture devant laquelle tout artiste et tout homme de goût doivent s'incliner avec respect.

Le même Journal (5 février 1856).

. . . .

On sait maintenant le sujet du tableau, ses qualités au point de vue de l'exécution artistique, du dessin, de la couleur ; mais un point sur lequel on ne saurait trop insister : c'est l'ensemble de la composition, l'expression qui l'anime, la touche magistrale qui se révèle dans les détails aussi bien que dans l'œuvre considérée en général.

L'artiste a voulu rendre le désespoir du prince des apôtres après son reniement du Christ, lorsque son divin maître, abandonné par son plus ancien disciple, eut expiré sur la croix, laissant son sublime exemple aux confesseurs et aux martyrs. Ce désespoir ne pouvait être une désolation vulgaire. En effet, saint Pierre devait se relever d'une façon éclatante de cette passagère faiblesse. Il était appelé à prêcher au monde païen la foi nouvelle et à la sceller de son sang. Aussi, sur cette figure expressive et sanctifiée par le repentir, les larmes coulent encore ; mais le regard conserve sa sérénité et s'éclaire d'un rayon de doux espoir en l'inépuisable miséricorde du Seigneur.

C'est à tort qu'en présence d'une pareille création, l'on accuserait la peinture espagnole de matérialisme et de réalisme brutal ; l'âme dégagée des sens, l'esprit libre des liens de la chair, effacent de leur rayonnement céleste l'admirable beauté de lignes et la splendide couleur qui distingueraient la tête de saint Pierre, si on avait le loisir de la considérer de sang froid. Mais, comment s'arrêter à ces détails, quelle que soit leur perfection, lorsque l'âme du spectateur entre en communion avec l'âme de l'artiste ? lorsque, après des siècles, la foi vive qui inspira Murillo vit tout entière encore dans son œuvre et transporte bien au-dessus des sphères humaines celui qui n'était venu là que pour étudier un beau tableau ?

Je voudrais bien vous dire cependant quelle habileté de

brosse, quelle maëstria d'exécution, quelle solidité de pinceau, quelle force et quelle pureté de dessin signalent cette
œuvre. L'air circule naturellement autour du saint ; il se joue
dans sa chevelure blanche, il se glisse entre les plis de sa
robe bleue, entre ses mains croisées ; il adoucit les contours
du visage, du col, des bras ; il crée des ombres et des reflets
capricieux dans la draperie. A mesure que l'on contemple le
personnage unique contenu dans le cadre, il semble se déta-
cher, s'animer à vos yeux ; la scène, quelque simple qu'elle
soit, s'agrandit Il vous semble qu'un souffle du vent soulève
les cheveux, agite les feuillets du livre jeté aux pieds du saint
et fait légèrement frisonner les silhouettes d'arbres tracées
au dernier plan C'est merveilleux comme, sans opposition
de couleurs, sur un fond brun et fauve, sans jeux de lumiè-
res, sans artifices d'aucune sorte, tout prend un relief, s'har-
monise et imite le vrai tel qu'il est présent sous nos yeux ;
mais le vrai idéalisé par la puissance créatrice du génie). La
place de ce superbe ouvrage de Murillo est au salon carré du
Louvre.

Le Siècle (3 février 1856).

. . . .

Et, puisque je suis sur le chapitre des chefs-d'œuvre, je
ne terminerai pas sans annoncer.... un nouveau tableau de
don Esteban Murillo, l'auteur de cette illustre toile, *la
Conception*, que le gouvernement français payait six cent
mille francs, il y a quelques années.   EDMOND TEXIER.

L'Indépendance Belge (9 février 1856).

. . . .

Le monde des arts et des hauts amateurs s'occupe beaucoup, depuis quinze jours, d'un tableau de Murillo, plus au-

thentique aux yeux des experts que s'il était signé, et qui représente un saint Pierre en prière dans sa grotte. Cette œuvre, d'une réalité étonnante, d'une touche magistrale et d'une incomparable expression, attire rue d'Amsterdam, n. 71, tous les amateurs des œuvres fortes, et on s'attend généralement à un grand combat entre Français et étrangers le jour de la mise en vente..... C'est une toile de premier ordre. JULES LECONTE.

Le Pays (17 février 1856).

. . . .

La foule, une foule d'élite, se presse depuis quelques jours dans un atelier de la rue d'Amsterdam, autour d'une toile qui n'est rien moins qu'un chef-d'œuvre de Murillo, Les gens du monde, les artistes, les experts, les amateurs, gravissent la rue d'Amsterdam jusqu'au n. 71, pour contempler, pour admirer ce tableau.

Il est évident pour tout connaisseur que cette merveilleuse toile appartient à la première manière de Murillo, si fougueuse, si éclatante. On sent que l'artiste est arrivé à la vraie grandeur de son talent ; il est maître de sa pensée, il est sûr de sa main, et il aborde résolûment les difficultés les plus hautes de son art. Dans le *Saint Pierre* aux larmes, Murillo ne joue plus avec la coquetterie qu'il a donnée à quelques-unes de ses plus charmantes figures : chez lui, cette fois, tout est viril, fier, hardi, puissant, dans l'inspiration et dans le travail.

C'est en parlant d'un pareil tableau qu'un critique a eu le droit de dire, il y a peu de jours, dans une revue spéciale : « Quelle habileté de brosse, quelle maëstria d'exécution, quelle solidité de pinceau, quelle force et quelle pureté de dessin ! »

L'*Athenæum Français* (23 février 1856).

. . . .

Je sais avec quelle réserve on doit parler de ces chefs-d'œuvre apocryphes, et quelle défiance accueille d'habitude ces exhumations soudaines. Mais ici des hommes considérables se sont prononcés; les experts ont juré par leurs plus grands dieux, et les membres de l'Institut ont salué la pensée et le pinceau du maître, et le tableau a conquis en deux jours son droit de cité dans la noble demeure de l'art. L'*Athenæum* lui doit au moins une mention rapide.

Saint Pierre est à genoux, à demi prosterné, dans l'attitude de la prière et de la méditation. Tout en lui respire une douleur profonde. Son visage est inondé de pleurs; l'émotion violente contracte ses joues et tend les muscles de sa bouche; une grosse larme, prête à tomber, tremble au bord de sa paupière. Tout l'ensemble de la tête est remarquablement peint; les rides du front sont traitées largement; le nez se détache par une saillie vigoureuse, et la barbe blanche, qui n'est cependant pas très-longue, ondoie par un mouvement plein de souplesse et de grâce. Le saint appuie ses coudes sur une pierre, et ses deux mains se joignent avec ferveur : « elles se pénètrent et s'unissent l'une à l'autre comme l'âme voudrait s'unir à Dieu. » Le prince des apôtres est vêtu d'une robe bleue, serrée à ses flancs par un morceau d'étoffe noué négligemment. La robe bleue, peinte d'abord en blanc ou en gris, puis recouverte d'un glacis, a su, tout en restant une étoffe grossière, revêtir une diaphanéité remarquable, comme si le temps avait pâli et l'usage mangé sa couleur. Comme étoffe, c'est un des plus heureux effets de rendu que je connaisse.

Le tableau ne contient qu'un seul personnage, mais qui se détache et s'anime à vos yeux de manière à remplir votre âme comme il remplit son cadre. La scène se passe dans une grotte; le rocher du fond fait muraille, et au-dessus on aperçoit un coin du ciel matinal, transparent dans sa pâleur nacrée, et zébré par places de zones rouges et bleues. Le tableau est tout plein d'air, et la figure se projette par un relief si vigoureux, qu'elle semble posée non sur une toile, mais dans le libre espace. L'air, en effet, circule et se joue autour d'elle, soulève les cheveux et baigne les bras et les mains de ses molles caresses; un jour crépusculaire et doux éclaire le visage et les épaules, glisse vers le cou et la poitrine, où il se dégrade dans les demi-teintes d'une ombre transparente.

On est rarement arrivé à une telle puissance d'effet avec une telle sobriété de moyens. Peu de matière et beaucoup d'art ! N'est-ce point la devise des grands maîtres?   Louis Énault.

Le Journal des Débats (27 février 1856).

. . . .

Le monde des arts et des amateurs s'occupe beaucoup, depuis quinze jours, d'un tableau de Murillo, très-authentique aux yeux des experts, et qui représente un saint Pierre en prière dans sa grotte. Cette œuvre, « d'une réalité étonnante, d'une touche magistrale et d'une incomparable expression », dit un journal belge, attire rue d'Amsterdam une foule d'artistes, et on s'attend à une très-vive lutte le jour des enchères.

On assure que ce tableau, qui appartient à la première manière de Murillo, est explicitement désigné dans l'histoire de ses productions. Quoi qu'il en soit, c'est évidemment une toile de premier ordre.

L'Union (29 février 1856).

. . . .

Les noms les mieux accrédités dans la critique artistique :

Édouard Thierry, de l'*Revue des beaux-arts*; J. Lecomte, de *l'Indépendance belge*; Louis Énault, de *l'Athenæum français*; *l'Europe Artiste*, *le Pays*, *le Siècle*, *les Débats*, ont successivement rendu hommage au mérite supérieur de cette importante composition, et il n'est pas douteux aujourd'hui que la France ne possède l'une des pages les plus magnifiques qui soient sorties des pinceaux de l'illustre peintre qui a si merveilleusement traité les sujets dans lesquels le sentiment de la religion s'allie à la largeur et à la majesté de la plus exquise exécution.

Cette composition, qui est un réel chef-d'œuvre, est exposée au nº 71 de la rue d'Amsterdam. C'est là que, depuis le commencement du mois, se sont déjà rendus comme à un saint pèlerinage tout ce que Paris compte de littérateurs studieux, d'artistes désireux de s'inspirer dans la contemplation du vrai beau, d'amateurs compétents, jaloux de comparer l'œuvre soumise au public avec les richesses qui forment leurs collections particulières.

Cette œuvre, que nous avons vue, est admirablement conservée; elle a tous les caractères de l'authenticité la plus incontestable, et cette authenticité d'ailleurs n'a été discutée par personne. Ce n'est donc pas à ce point de vue que nous voulons en entretenir le lecteur. Ce qui nous intéresse, c'est le sujet en lui-même, c'est la pensée religieuse qui a inspiré l'artiste, c'est le génie plein de vigueur et plein d'onction avec lequel il a traduit cette pensée.

Le saint est agenouillé dans une grotte; il pleure, et son regard, noblement résigné supplie le Dieu d'éternelle bonté d'oublier le crime de reniement qu'il a commis dans un moment d'égarement et de faiblesse humaine. Il élève vers le ciel ses yeux gonflés de larmes, mais il n'affronte pas cette contemplation; et comme si le voile que ses pleurs étendent entre Dieu et son regard n'était pas suffisamment épais, il l'arrête vaguement entre le ciel et la terre; tremblant, incertain, ses lèvres osent à peine remuer, il implore le pardon, mais du fond de l'âme, humblement, dans l'attitude du pécheur repentantqui a conscience de l'énormité de sa faute, et cette douleur muette, si profonde dans son attitude silencieuse, si sincère dans son repentir, offre à la méditation du chrétien le spectacle le plus émouvant qui se puisse concevoir.

Cependant un rayon d'espérance semble avoir pénétré dans son cœur; sa douleur est grande, mais elle n'est pas aiguë; son visage porte l'empreinte de l'humiliation dans le repentir, et néanmoins il paraît illuminé des fraîches et vivifiantes sérénités du pardon. Le saint comprend qu'il ne doit point désespérer de se réconcilier avec son divin Maître, et transporté, ravi, il jure de mourir, s'il le faut, en martyr.

Par quelle prodigieuse accumulation de science et d'habileté, Murillo a-t-il pu simultanément faire vivre sur la toile, à côté d'une désolation si poignante, un tel sentiment d'espoir et de foi? L'art seul a-t-il cette puissance, ou bien l'artiste, lorsqu'il puise ses inspirations aux sources pures et évangéliques, est-il par cela seul transporté dans les régions du sublime? C'est là l'opinion que nous voulons faire prévaloir, parce qu'elle est exacte et défie toute controverse et toute discussion terrestre.

Ribera, s'il eût voulu peindre la douleur et le repentir de saint Pierre, eût malgré lui laissé se graver sur la toile quelques traces de l'esprit terrible de Philippe II. Velasquez, en présence d'un semblable sujet, eût, à son insu, reproduit quelqu'une des élégantes superfluités auxquelles l'avait accoutumé la faveur de Philippe IV.

Seul, exalté, comme la recluse d'Avila, par les brûlantes

ard'eurs, par les emportements ineffables de la prière, ramené cependant comme cette femme héroïque aux tristesses de la réalité par le spectacle incessant des douleurs terrestres, Murillo pouvait concentrer en un seul instant sur le visage sévère du prince des apôtres, les déchirements, les angoisses du remords, et les élancements, les consolations de l'espérance et de la foi.

Ce chef-d'œuvre ne doit point quitter la France ; le *Saint Pierre aux larmes*, du moment où il a touché le sol de cette terre privilégiée de la foi catholique, ne saurait en être éloigné désormais. . . . .   DELPECH.

Maulde et Renou, imprimeurs de la Compagnie des Commissaires Priseurs, rue de Rivoli, 144.   1858